Dao geht's lang

Michael Wittschier

Dao geht's lang

Aus dem Leben eines Daogenichts

Bibliographische Informationen der Deutschen Nationalbibliothek:
Die Deutsche Nationalbibliothek verzeichnet diese Publikation in
der Deutschen Nationalbibliographie; detaillierte bibliografische Daten
sind im Internet über dnb.dnb.de abrufbar.

© 2025 Michael Wittschier

Verlag: BoD · Books on Demand GmbH, Überseering 33,

22297 Hamburg, bod@bod.de

Druck: Libri Plureos GmbH, Friedensallee 273, 22763 Hamburg

ISBN: 978-3-8192-9525-6

Aus dem Leben eines Daogenichts I

Gestern Abend beim Chinesen aus irgendeiner Laune heraus einen der angebotenen Glückkekse mitgenommen. Halte eigentlich gar nichts von fernöstlicher Weisheit nach dem Zufallsprinzip. Deshalb ruht der Sinnspruch auch noch in seiner Teighülle.
Aber jetzt will ich's doch wissen.
Mist! Die Verpackung lässt sich nicht mit den Fingernägeln öffnen. Muss erst eine Schere holen. Ist natürlich nicht an ihrem Platz. Ein Messer tuts auch. Ungeduldig zerdrücke ich den dünnen Teigmantel, um schneller an die Keksbotschaft zu kommen. Endlich halte ich das Stückchen Papier in Händen und entfalte es mit einem Ruck: „Der Weg entsteht beim Gehen.", steht da drauf. Der Satz stammt von einem gewissen Zhuang Zi.

Was soll das? Das klingt nach gar nichts. Die Wege, die ich jeden Tag gehe, sind alle schon vorhanden. Ich muss sie einfach nur ablaufen. Dabei entsteht doch nichts Neues. Vielleicht ist das ja so eine geheimnisvolle Dschungelweisheit. Hab' mal im Fernsehen gesehen, wo sie sich mit Macheten einen Weg durch den Urwald schlagen. Ich geh mir jetzt erst mal ein Bier holen. Den Weg finde ich im Dunkeln – auch ohne Messer. Warum ist kein Sprit mehr im Kühlschrank? Ich habe doch erst gestern ein Sixpack Flensburger reingepackt. Echt jetzt? Das kann doch nicht wahr sein! Das bisschen Alkohol!
Ob das was mit dem Keks zu tun hat? Der alte Chinese will mich wohl zum Nachdenken auf den Weg zum Nachtkiosk schicken. Okay, bin ja schon im Flur. Nur schnell noch meine Jacke anziehen. Wo ist jetzt bloß der verdammte Geldbeutel. Natürlich immer da, wo ich ihn zuletzt hingelegt habe. Aber wo war das? Nun sag schon was oder klimpre mal mit den Münzen! Moment! Hier in der Jackentasche ist ja noch ein Zwanni. Gerettet!
Und jetzt: Trab an, Alter! In zehn Minuten beginnt die Sperrstunde. Ich lege meinen Turbogang ein. Solange noch Licht im Büdchen brennt, gibt es Hoffnung. Schneller kann ich nicht.

Der holt schon seine Werbetafel rein. Ich winke schon von weitem, damit er mich kommen sieht. Als ich endlich einen Fuß zwischen Tür und Rahmen gesetzt habe, atme ich erleichtert auf und erzähle ihm haarklein den dramatischen Ablauf der letzten zehn Minuten meines Lebens. Er nickt nur kurz mit dem Kopf und stellt das Gewünschte stumm auf die Ladentheke.

Beim Rausgehen höre ich ihn noch den Satz sagen: „Wer redet, weiß nicht, und wer weiß, redet nicht." Ich schlucke kurz und denke: Der war bestimmt gestern auch chinesisch essen.

Erleichtert und ganz im Einklang mit mir selbst trage ich das Sixpack nach Hause und stolpere dabei fast über einen Ast. Achtlos kicke ich ihn beiseite. Zum Glück muss man sich um so nutzlose Dinge keine Sorgen machen. Vielleicht ist das ja auch die Lösung für mein Sockenproblem. Seit drei Wochen treten drei meiner alten Fußwärmer nur noch als Single in Erscheinung. Ich habe schon alles probiert: bin meinen Strümpfen kriminalistisch bis zu ihrem letzten vollständigen Erscheinen hinterhergelaufen, hab' alle meine Fußlappen aus dem Schrank gekramt: nichts! Jetzt kann nur noch Kommissar Zufall helfen – es sei denn, dass ich die drei Solisten einfach in die runde Ablage werfe. Dann wäre ich mit einem Schlag drei Socken beziehungsweise drei Probleme los.

Als ich meine erste Dose Flens köpfe, muss ich noch mal an den Ast denken. Genauso nutzlos geworden wie mein Job: Briefsortierer und -zusteller in einer Versicherung. Von vorgestern auf gestern nach 15 Jahren einfach gekündigt. Hoch lebe das papierlose Büro! Elektronisch geht alles schneller und billiger. Aber die werden schon noch sehen, was sie ohne ihren Laufdackel machen! Ich habe auf meinen Austragsrunden immer für gute Stimmung bei den Kollegen gesorgt, vor allem bei den Kolleginnen. Zum Glück gab es noch eine kleine Abfindung; damit halte ich mich die nächsten Wochen über Wasser, und dann kommt die Stütze. Vater Staat wird sich hoffentlich wie eine Wachtelhenne um ihr Küken fürsorglich um mich kümmern. Und wer weiß, vielleicht gewinne ich ja noch im Lotto. Besser nicht. So ein Sack voller Geld würde mich nur belasten, und am Ende wäre ich froh, wieder blank da zu stehen. Aber muss man denn wirklich erst die letzten beiden Wackersteine loslassen, um ein Hans im Glück zu werden? Wichtige Frage das, auch wenn ich noch keine Antwort darauf gefunden habe. Aber: Yolo.

Bevor ich mich ablege, noch ein paar Szenen aus meinen Lieblingsfilm *Wrong Cops*. Da bin ich in bester Gesellschaft mit all den Losern und Boozern. Ups, da stürzt gerade einer sturzbetrunken vom Rad, steht aber unverletzt wieder auf. Freund Alkohol als Schutzengel. Wer bewusstlos durchs Leben eiert, dem passiert mit Sicherheit weniger als all den Gestalten, die vor lauter Angst, dass ihnen mal ein Dachziegel auf den Kopf fallen könnte, immer mit einem Fahrradhelm rumlaufen.

Biermüde sacke ich nach eineinhalb Stunden ins ungemachte Bett und kann gerade noch meine Socken mit den Zehen von den Füßen strippen, ehe mich Morpheus in seine Arme schließt. In meiner nächsten Tiefschlafphase habe ich einen wunderbaren Traum: Ich gleite als blau schillernder Eisvogel über einen See und genieße dabei die Aussicht auf das Ufer. Beim Aufwachen muss ich mich erst einmal besinnen. Wo bin ich gerade? Bin ich ich, der geträumt hat, ein Eisvogel zu sein? Oder wurde ich als Alcedo atthis geboren und träume gerade, dass ich mich zu meinem privaten Oval Office bewege?
Der Urin gibt mir die richtige Antwort: So viel Pipi passt in keine Vogelblase. Ergo bin ich ein Mensch, seit gestern leider arbeitslos und werde hoffentlich bald ein richtiger Lebenskünstler. Ich bin arm, aber nicht bedauernswert!
Aber jetzt erst mal wieder zurück in die Horizontale. Zum Glück gibt es den Schlaf, in den wir abtauchen können und der uns wieder fit macht für die vertrauten, flachen Alltagsprobleme. Die können mir jetzt erst einmal gestohlen bleiben.

Als mich der Wecker um halb sieben rausklingeln will, geb' ich ihm eins auf die Zwölf und rolle mich noch einmal zufrieden auf meine andere Schlafseite. Ab jetzt lebe ich naturgemäß und werde so lange im Bett liegen bleiben, bis ich von selbst aufstehe – ganz ohne äußeren Zwang. Jeder noch so gut bezahlte Job ist und bleibt doch ein goldenes Hamsterrad. So betrachtet, hat meine Kündigung auch ihr Gutes.

Gegen zehn Uhr weckt mich dann meine biologische Uhr. Noch etwas müde von der ungewohnt langen Nachtruhe schlurfe ich ins Bad, schreite zur Keramik und mache dann eine kurze, aber intensive Katzenwäsche. Geduscht wird heute nicht. Bin sowieso lieber als Einzelgänger unterwegs. Ich brauche meinen freien Auslauf und nicht ständig den Geruch der Herde.

Während der Espresso als schwarzer Wasserdampf durch meinen Kocher zischt, bereite ich mir ein frugales Frühstück zu: Hafermilch mit Haferflocken. Dazu gibt es vielleicht noch einen Pfirsich, falls er nicht schon auf seiner Unterseite verschimmelt ist.
Eine Zeitung lese ich morgens schon seit Jahren nicht mehr. Zu teuer, und ich habe kein Interesse mehr an Katastrophen aus aller Welt. Mir genügen schon die eigenen.
Kann nur hoffen, dass von drei politischen Entscheidungsträgern nur einer verwirrt ist, denn dann erreichen sie trotzdem ihr Ziel. Sind aber die Verwirrten in der Überzahl, dann heißt es: *James Dean (Denn sie wissen nicht, was sie tun).*

Ich kaue lustlos auf den Flocken herum und suche vergeblich nach einem menschlichen Gegenüber. Aber mit diesem Thema bin ich doch eigentlich schon lange durch und hab' inzwischen auch kapiert, warum ich beziehungsmäßig immer wieder scheitere. Bin wohl immer auf der Flucht vor der Normalität. Wenn eine neue Freundin länger vor einem Haushaltswarengeschäft stehenblieb und die Preise für Kaffeemaschinen miteinander verglich, hab' ich mich sofort aus dem Staub gemacht, bin vor meinem eigenen Schatten davongelaufen und bekam mit der Zeit immer mehr
 Angst vor den schmerzlichen Spuren, die ich dadurch bei anderen hinterließ. Sitze jetzt schon seit Jahren mehr oder weniger bewegungslos im Dunkeln und werfe deshalb auch keine Schatten mehr.

Ich komme mir auf einmal so unbedeutend und unscheinbar vor wie ein winziger Stein auf einem Kiesstrand, auf dem andere herumlatschen. Da hilft leider auch kein Selbstoptimierungsprogramm. Wer sich ständig Meilensteine für seinen Entwicklungsprozess setzt, provoziert damit letztlich nur eine Endlosschleife von neuen Problemen, für die man dann wieder neue Lösungen finden muss. Undsoweiter. Undsoweiter. Dann schon besser nichts tun und die Dinge einfach auf sich zukommen lassen.

Aber genug simeliert! Noch schnell ein Blick in den leeren Kühlschrank, das Licht im Badezimmer ausschalten und auf geht's ins Großstadtrevier.

Im Hausflur laufe meinem Nachbarn Hans-Herbert Klute über den Weg. Früher habe ich ihn immer mit der Tageszeit begrüßt. Er hat sie dann höflich zurückgeheuchelt. Aber seine Blicke verrieten ihn. Deshalb gehe ich jetzt stumm an ihm vorbei zum Briefkasten, in dem nur ein Werbeblättchen mit rosafarbenen Schinken und prallen Bratwürsten steckt. Ich möchte lieber nicht.

***

Langsam bewege ich mich in Richtung City und konzentrier mich dabei auf die Gesichter, dir mir lächelnd entgegenkommen – so wie ich früher immer die Autos einer bestimmten Marke oder Farbe gezählt habe. Aber wieder einmal: Mission impossible: Die Leute, die mir wie Reisende begegnen, haben wohl nicht viel zu lachen im Leben. Sie schauen alle enttäuscht, erschöpft und verbittert aus der Wäsche.
Das macht sie für mich gleich gültig, auch wenn sie mir gleichgültig sind. Schade, dass ich niemals erfahren werde, was sie gerade denken und fühlen. Wenn man die Zeiträume abrechnet, in denen man krank ist, Sorgen hat oder in Gefahr schwebt, bleiben höchstens vier bis fünf Tage im Monat, wo man Grund zur Freude hat. Mehr ist nicht nach meiner Erfahrung, aber das ist noch lange kein Grund für eine Bilanzdepression.

Aus einer Laune heraus kaufe ich im nächsten Blumengeschäft eine Rose und überreiche sie anschließend einer unbekannten, älteren Frau, die mich zuerst verdutzt anschaut und dann ärgerlich sagt: „Was soll das? Wir sind doch hier nicht in der Oper, Sie Rosenkavalier." Schade, ich wollte doch nur die Welt etwas schöner machen und werde genau dadurch zum Werkzeug des Hässlichen.

Da fällt mir ein, dass ich ja noch dringend was einkaufen muss. Einen Wagen oder Korb brauche ich nicht. Die paar Sachen: eine Packung Knäckebrot, vier Tütensuppen, zwei Bananen und ein Becher Joghurt passen noch gut auf meinen linken Arm.
Heute bemerke ich zum ersten Mal, dass die Gulaschsuppe direkt neben den Dosen mit dem Hundefutter steht. Kommt wohl beides aus derselben Fabrik. Mutter Natur versorgt offensichtlich alle ihre Kinder mit passender Nahrung.

An der Fleischtheke sehe ich einen Metzger, der mit sanfter, aber effektiver Klingenführung blitzschnell die Schweinekoteletts zerteilt – ein Meister seines Fachs. Aber seine Kunstfertigkeit macht die armen Schweine auch nicht wieder lebendig. Ich kann mir einfach nicht vorstellen, dass diese geselligen Tiere Spaß an der Vorstellung haben, dass sie schon nach sechs Monaten Lebenszeit hier im Supermarkt und später dann als Braten auf einem Teller landen.

Sind wir denn nicht alle in gleicher Weise lebenswillige und leidensfähige Lebewesen? Deshalb müsste ehrlicherweise über jedem Schweinestall stehen: *Du hast keine Chance, aber nutze sie!*
Aber halt! Als Vegetarier habe ich ja gut reden. Mir fehlt kein paniertes Schnitzel auf dem Teller. Trotzdem, trotzdem und trotzdem. Das Elend der Massentierhaltung und -schlachtung kann man doch nicht einfach verdrängen!
So, jetzt noch schnell einen Abstecher zu meinem Lieblingsfriseur KOPFJÄGER und dann ab ins Café KRÜMEL, wo hoffentlich schon mein alter Freund Mokka auf mich wartet.

Im Frisiersalon nutze ich die Zeit für meine Langzeitstudie *Der Mensch*. Ein Mädchen, das ständig nach seinem Smartphone greift und verzückt aufschreit, wenn eine neue Message eintrudelt, zieht meine Blicke magisch an. Mich interessiert vor allem, wie sie reagiert, wenn sie fünf Minuten mal nicht gelikt wird. Und tatsächlich. Das für sie Unbegreifliche geschieht. Voller Verzweiflung wirft sie sich der Friseurin an die Brust, die ihr gerade ein Strähnchen blond einfärbt. Mit tränenerstickter Stimme beklagt sie ihr schreckliches Schicksal und versteht offensichtlich gar nicht, dass sie gespielt wird.

Als mich einer der *Kopfjäger* fragt, wie er mir denn die Haare schneiden soll, sage ich: Gar nicht. Er soll bitte nur seinen Frisierspiegel über meinem Haupt platzieren. Meine himmlische Kopfseite gehört zu den Körperpartien, die ich von Natur aus nicht einsehen kann.
Er tut das Gewünschte und schwenkt den Spiegel wie eine Laterne um und über meinen Kopf. Ich sehe, was meine Fingerspitzen schon ungefähr ertastet haben: eine tischtennisballgroße kahle Stelle am Hinterkopf! Die Haare wachsen offensichtlich nicht nur von selbst, sondern verschwinden auch wieder Stück für Stück ohne unser Zutun. Der Coiffeur lächelt mitleidig und versucht mich zu trösten:
– Es ist, wie es ist. Nur was kommt, kann auch wieder gehen.
Ich muss das gelassene Loslassen wohl erst noch lernen und bezahle für die erbrachte Leistung mit einer symbolischen Geldgeste. Kommt von Herzen, erkläre ich dem verdutzt dreinschauenden Headhunter.

Als ich das gemütliche, kleine Café KRÜMEL betrete, werde ich dort schon von Mokka erwartet. Auf seinem Kopf sitzt wie immer ein Pork Pie-Hut. Seine Form erinnert an eine umgestürzte Schweinefleischpastete.
Ich bin ja mehr so der Typ Bohnenstange, also ein schlechter Kostverwerter, während Mokka mehr zum zweiten Typ Äpfelchen gehört. Mit sichtlichem Genuss lässt er sich ein Stück Kirschkuchen mit einem ordentlichen

Schlag Sahne schmecken. Er scheint mit seinen Übersetzungen offensichtlich genug noch genug Geld zu verdienen.

– Alles im grünen Bereich bei dir, Sascha? will er von mir wissen. Er scheint nur diese eine Begrüßungsfrage zu kennen, aber ich tue immer so, als hörte ich sie zum ersten Mal. Meine Standardantwort lautet wie immer:

– Mal so, mal lala, antworte ich ebenso freundlich wie nichtssagend. Aber hier geht es erst einmal um die wichtige Fellpflege unter Freunden. Die harten Sachfragen kommen später.

– Eine Runde Dodelschach? will Mokka wissen und schiebt den leeren Kuchenteller ein Stück zur Seite, nachdem er noch ein letztes Mal mit seinem linken Zeigefinger ein paar Krümel aufgepickt hat.

– Dao simmer dabei, sage ich.

– Machst du jetzt einen auf altchinesisch? will Mokka neugierig wissen, während er auf seiner Kuchenserviette ein 3 x 3 Kästchen großes Spielfeld aufzeichnet, in der Punkte und Kreise so platziert werden sollen, dass waagerecht, senkrecht oder diagonal eine Dreierkette entsteht.

– Wieso altchinesisch? frage ich und warte gespannt auf seine Erklärung.

– *Dao* ist das chinesische Wort für *Weg*, erklärt er mir.

– Danke, Herr Doktor, so ähnlich steht das auch auf dem Zettel, den ich gestern in meinem Glückskeks gefunden habe, antworte ich.

– Hat offensichtlich voll bei dir eingeschlagen, lacht Mokka und reicht mir den Kugelschreiber, damit ich irgendwo auf einem der acht noch freien Tic-Tac-Toe-Felder mein Kreuzchen hinmale. Ich setze es direkt unter seinen Kreis.

Ich frage ihn, ob er schon einmal darüber nachgedacht hat, dass ein Weg erst beim Gehen entsteht.

– Das möchte wohl sein, antwortet Mokka und nippt genüsslich an seinem Kaffee mit Kaffeesatz, dem er seinen Spitznamen verdankt.

– Das ist doch keine vernünftige Antwort, mein Lieber, sage ich jetzt bewusst etwas lauter, um ihn aus der Reserve zu locken.

Mit keinem anderen Menschen kann ich mich so gut streiten wie mit ihm. Und selbst wenn dabei die Fetzen fliegen, verletzt er mich nicht mit seinen Hammersätzen.

– Egal, was du sagst, es bleibt immer ein Rest, der nicht zur Sprache
kommt, verkündet Mokka jetzt betont langsam und gefällt sich dabei offensichtlich mit seiner klugen wie geheimnisvoll wirkenden Einsicht. So ist
das auch mit deinem Satz vom Weg.
Ich muss erst überlegen, bevor ich Kontra gebe, und deshalb setzen wir
unseren Kampf um die erste Dreierreihe schweigend fort – in ein imaginä-
res Gespräch vertieft.
Als Mokka triumphierend *Tic-Tac-Toe* ruft und dabei den Kuli auf den Tisch
fallen lässt, erklärt er mir augenzwinkernd:
– Nur wer verlieren kann, kann auch gewinnen!

∗∗∗

Auf dem Heimweg komme ich an einem Zoogeschäft vorbei. In dem großen Aquarium im Schaufenster ziehen jede Menge Guppys selbstvergessen
ihre Bahn. Ich kann mich gar nicht satt sehen an ihrem farbenprächtigen
Anblick. Sie sind offensichtlich ganz zufrieden in ihrem Element. Aber wo
ist unser optimaler Lebensraum? In der Stadt? Auf dem Land? In einer
Höhle in den Bergen oder in einer Hütte am Traumstrand? Meine Welt ist
hier.

Vor unserem Haus schimpft mein Nachbar Herr Klute lautstark über die
Stadtverwaltung, die zugunsten von Radfahrern und Kindern die Park-
plätze in unserer Straße reduzieren will. Dann hätte er ein ernstes Problem,
weil er seinen hochglanzpolierten AUDI immer unter der Laterne vor dem
Haus abstellt, damit er ihn von seinem Wohnzimmer aus – mit einem ei-
gens angebrachten Spiegel – auch nachts im Blick hat.

Ich würde jetzt am liebsten meine Wohnung von der Straße aus durch die
Wand betreten. Um nicht von ihm belästigt zu werden, laufe ich im Rück-
wärtsgang an Herrn Klute vorbei zu meiner Wohnungstür und steuere
dann ohne Umwege gleich meine Schlafcouch an. Die vielen verschiede-
nen Eindrücke des Vormittags haben mich total erschöpft.

Zwei Stunden später klingelt mich irgendein Idiot zurück auf den Teppich meiner Wohnzimmerwirklichkeit. Genug geruht. Ich muss wieder raus ins Grüne. Ich pfeife auf mein Aussehen und ziehe zu meiner blauen Jeans eine grüne Jacke an. Bevor die Tür ins Schloss fällt, greife ich mir noch schnell meine Schiebermütze.

***

Unter meinem Ahornbaum im Stadtgarten beim Beobachten des Himmels genieße ich das Nichttun und freue mich an allem, was um mich herum geschieht.
Als ein Blatt an mir vorübersegelt, stelle ich mir vor, ich würde auf ihm wie auf einem fliegenden Teppich durch die Gegend segeln.

Das laute Gezwitscher der Meisen, das durch gelegentliches Hundegebell übertönt wird, beendet meinen Tagtraum. Warum bellen eigentlich die Hunde und zwitschern die Vögel? Könnte doch auch umgekehrt sein, auch wenn der Gedanke im ersten Moment komisch klingt. Ob wir das je rauskriegen?

Während meiner Gedankenreise muss mir jemand ein Geldstück in meine Kappe gelegt haben, die neben mir auf der Bank liegt. Ich bin darüber erstaunt und beglückt zugleich. Erstaunt, weil mich jemand offensichtlich als hilfsbedürftig eingeschätzt hat, und beglückt, weil er mir ohne mein Zutun sofort Hilfe anbietet. So wie die große, goldene Buddhafigur bei meinem Lieblingschinesen einfach nur so dasitzt und trotzdem jeden, der sie ansieht, etwas freundlicher stimmt.

Am liebsten beobachte ich die Kinder beim Spielen, wenn sie ganz selbstvergessen bei sich sind. In ihnen lacht das Leben, und sie können stunden lang herumtoben und -schreien, ohne dass sie müde oder heiser werden. Das ist für mich der Ausdruck von wahrer Lebensfreude.

Die Kinder, die mit großer Freude kleine Steine in eine Pfütze werfen, wühlen den Schlamm auf und setzen damit gleichzeitig auch das Wasser in Bewegung, so dass man sich nicht mehr in ihm spiegeln kann. Die Situation muss sich erst wieder beruhigen. So wie bei Mokka und mir, wenn wir uns in die Haare kriegen.

Was die Leute wohl dazu sagen würden, wenn ich hier eine Angel ohne Köder in den Teich halten würde. Ich weiß, dass man hier nicht fischen darf, aber das würde ich ja auch gar nicht tun. Die Vorstellung gefällt mir. Man verfolgt damit kein Ziel, es gibt nichts zu gewinnen, man hätte aber auch nichts zum Angeben, wäre aber trotzdem ganz bei der Sache.

Der Jahreszeit gemäß wird es früher dunkel, die Bäume verlieren die ersten Blätter und auch die letzten Sommerblumen beginnen zu verwelken. Früher hat mich dieser Anblick immer ein wenig wehmütig gemacht. Inzwischen bewegt sich mein Denken im Rhythmus des Jahreskreislaufs. Und der beginnt ja bekanntlich immer wieder von vorn.

***

Die Andeutungen von Mokka zum Daoismus haben mich doch neugierig gemacht. Ich schaue mal eben in der Buchhandlung rein. Vielleicht haben die ja was Günstiges von diesen alten Chinesen da. Bestellen find ich blöd, Bedürfnisaufschub ist nicht so mein Ding.
Seit meinem Miniaturstudium der Philosophie bin ich ziemlich skeptisch geworden, was den Wert von Büchern betrifft. Das wirklich Wichtige kann man eigentlich nicht in Worte fassen. Sie sind zu grob dafür. Deshalb verwickeln wir uns auch ständig in endlose Debatten um wahr und falsch, weiß und schwarz und Gut und Böse. Mokka und ich können ein Lied davon singen.

Endlich hat die Buchhändlerin Zeit für meine Frage, ob sie auch das Werk eines daoistischen Denkers vorrätig habe. Sie hat, aber ich rechne fest damit, dass meine negativen Erfahrungen mit dem Bücherwissen sich auch hier wieder bewahrheiten. Aber genau das Gegenteil ist der Fall. Das *Buch der daoistischen Weisheit* ist trifft voll meinen philosophischen Geschmack. Das verrät mir schon die Kapitelüberschrift I: Sorgloses Umherstreifen.

In einem Sportstudio sehe ich drei Männer und vier Frauen mittleren Alters, die im Schaufenster auf schwarzlackierten Standfahrrädern sitzen. Sie trampeln sich die Seele aus dem Leib.
Ich halte nichts von dieser schweißtreibenden Körperkultur, die ganz offensichtlich die schrill gedressten Bodyformer fitter und attraktiver machen soll. FIT FOR FUN steht wohl deshalb in großen Lettern auf der Rückwand hinter den Hamsterradlern.
Kann man nicht auch Lebensfreude erleben, ohne Spaßfaktor und Optimierungswahn? FIT FOR LIFE würde mich schon mehr interessieren. Ich hoffe, Zhuang Zi hilft mir da aufs Fahrrad.

***

Gegen 18 Uhr höre ich die Abendglocken von St. Nikolaus läuten.
Für mich könnten sie genauso gut schweigen.
Wer nach dem Anfang und dem Ende von allem fragt, verliert sich im Unerschöpflichen. Darüber, was vor Himmel und Erde war und was nach dem Tod kommt, kann man ewig lange herumspekulieren.
Wer aber im Einklang mit sich, der Natur und den Menschen lebt, braucht sich nicht von einem ominösen Wesen abhängig zu machen, das er anbetet und um Hilfe bittet. Religion als Kuhhandel.

Mein Weg führt am Friedhof vorbei, der direkt hinter der Kirche liegt. Die Menschen, die hier unter den Grabsteinen liegen, sind für mich wie eine Mahnung. Genieße dein Leben, denn es findet überraschend schnell sein Ende. Husch, husch ist es wieder vorbei.

An unserer Haustür schauen mich die Klingelschilder wie die Namen auf den Grabsteinen an. Ein paar Buchstaben und Ziffern, das ist alles was am Ende von uns übrigbleibt.

Ein kurzer Blick in den Kühlschrank bestätigt meine Vermutung, dass sich schon wieder einmal kein Bier im Haus befindet.

Meine Füße finden den Weg zur nächsten Getränkequelle zum Glück von selbst. Vor mir wankt ein Wermutbruder in dieselbe Richtung und lallt dabei ständig laut vor sich hin: Wir sind doch alle nur Menschen. Auch die Eichhörnchen. Einen über den Durst suffe, tun wir doch alle mal. Aber nur ich armes Schwein habe Lokalverbot. Die Welt ist so ungerecht!

Nachdem ich ihn überholt habe, betrete ich das Getränkebüdchen und zeige stumm auf das Sixpack FLENZ, das oben im Regal steht. Der türkische Verkäufer, der sich vor meinen Augen in einen chinesischen verwandelt, lächelt nur wissen und sagt dann geheimnisvoll: Daodejing, Kapitel 56.

Und was steht da? will ich wissen.

Denk an gestern Abend, antwortet der Mann mit den zwei Gesichtern bedeutungsvoll.

Gut gelaunt bewege ich mich zurück zu meiner Schlafhöhle und pfeife leise das Lied eines Daogenichts vor mich hin: Nicht-Tun, Nicht-Tun ist mein Vergnügen, Nicht-Tun ist meine Lust.

Aus dem Leben eines Daogenichts II

Gestern wurde Sascha beerdigt. So ganz ohne alles. Keine Blumen, keine Reden und kein Gesang. Aber er hatte es so gewollt.

Sie waren nur zu fünft. Vier Kollegen von seiner ehemaligen Arbeitsstelle und sein alter Freund Mokka. Familie hatte er wohl keine mehr.
Von der Trauerhalle aus ging die kleine Gruppe schweigend zu Saschas Grabplatz. Eines der Gummiräder des Katafalks, auf dem der Sarg stand, schlenkerte die ganze Zeit hin und her. Mokka musste dabei unwillkürlich an all die vielen Zickzack-Kurven denken, in denen Saschas Leben verlaufen war.
Die Trauergäste standen eine Zeitlang hilflos vor dem offenen Grab. Mokka rief seinem Freund noch stumm zu:
– Mach es gut, Sascha, bevor er sich zum Gehen wandte.
Aber der macht ja gar nichts mehr, dachte er. Und er konnte ihn auch nie wieder beim Dodelschach im Café KRÜMEL gewinnen lassen.

Sascha hätte nichts dagegen gehabt, wenn man ihn einfach irgendwo unter einem Baum abgelegt hätte.
– Von unten fressen mich die Erdkäfer, hatte er bei Mokkas letztem Besuch im Hospiz gesagt, und von oben die Raben. Kennst du doch aus dem Kinderlied. Mir ist beides gleich recht. Ich habe Käfer genauso gern wie Vögel.
Beim Abschied drückte Sascha seinem Freund noch seinen Wohnungsschlüssel in die Hand.
– Nimm bitte alles mit, was dir gefällt, bat er ihn mit leiser Stimme, ich reise ohne Gepäck weiter.

Auf dem Rückweg zum Friedhofseingang fiel Mokka wieder einmal auf, wie viele Steinkoffer auf den Gräbern standen und dass sie so gar nichts Menschliches an sich hatten. So wie die Urnen, die ihn immer an Kaffeedosen erinnerten.

– Wir kommen doch nicht als Instantpulver auf die Welt, hatte Sascha einmal gesagt. Dabei hatte er gelacht und sich dann ausgemalt, wie man die Menschen anrührt und in eine Form gießt wie bei Osterhasen oder Nikoläusen – einige massiv und andere als Hohlfigur.

Vom Friedhof zu Sascha Wohnung war es eine halbe Stunde Fußweg. Mokka ging ihn bewusst langsam und dachte bei jedem Schritt an seinen toten Freund, den er jetzt schon schmerzlich vermisste.
Als er auf seine eigenen Füße hinunterschaute, wurde ihm plötzlich bewusst, wie wenig Platz sie beim Gehen brauchten. Aber trotzdem war die Fläche um sie herum nicht nutzlos. Denn wenn die jetzt plötzlich verschwinden würde, käme er keinen Schritt mehr voran. Schade, dass ich Sascha nichts mehr von diesem Gedankenexperiment erzählen kann, das hätte ihn bestimmt interessiert, sagte sich Mokka.

Vor dem Haus, in dem Sascha lebte, putzte ein älterer Mann mit einem abgegriffenen Wildlederhut hingebungsvoll den Lack seines alten AUDI-Mobils.
Warum hängen so viele Leute ihr Herz an ein Stück Metall, fragte sich Mokka. Er besaß kein Auto und vermisste es auch nicht.
– Mit den passenden Schuhen, pflegte er zu sagen, vergesse ich die Füße, die mich durchs Leben tragen.
Als er das Haus betrat, blickte ihn der AUDI-Besitzer kurz misstrauisch aus seinen schmalen Augen an, stellte ihn aber zum Glück nicht zur Rede.

In Saschas Wohnung gab es außer einem Bett, einem Tisch und einem Stuhl kein Möbelstück, und an den Wänden hing auch kein Bild. Warum auch immer hatte sein toter Freund mit einem dicken Bleistift in Augenhöhe eine Linie gezogen, die alle Räume miteinander verband, und im Flur darüber DER WEG und darunter NICHT-TUN geschrieben.
Verstehe das, wer will, dachte Mokka und rieb sich gedankenvoll die Stirn.
Jetzt wunderte er sich auch nicht mehr über Saschas großzügiges Angebot, alles mitzunehmen, was ihm gefiel. Wie sollte er bloß die Leere hier einpacken und nach Hause tragen?

Damit er nichts übersah, zog er in der Küche die Schublade unter dem Tisch auf. Darin lagen ein Buch mit dem seltsamen Titel ZHUANGZI, ein Bleistift und ein altes Schreibheft, auf das Sascha mit Tesafilm einen Zettel aus einem Glückskeks geklebt hatte: *Der Weg entsteht beim Gehen.* Wird ja immer ominöser, dachte er.

Mokka steckte die Sachen in seine Manteltasche, rückte seinen Pork Pie-Hut zurecht und verließ ohne Eile das Haus. Er musste gar nicht überlegen, wohin ihn seine Füße tragen sollten. Das wussten die ganz von selbst – natürlich ins Café KRÜMEL.

***

»Das Übliche«, sagte Mokka zu der Bedienung, die er schon seit vielen Jahren kannte. Und wenig später standen sein Lieblingsgetränk, ein Tässchen Mokka, und ein Stück Apfelkuchen mit einem ordentlichen Schlag Sahne vor ihm auf dem Tisch. Dafür reichte das Geld zum Glück immer. Mit einem abgebrochenen Philosophiestudium musste er als Gelegenheitsarbeiter nehmen, was kam, und davon konnte er sich gerade so über Wasser halten.
Aber bei Sascha, den er vor vielen Jahren bei einer Vorlesung kennengelernt hatte, sah es vor seiner Krebserkrankung auch nicht viel besser aus: Briefzusteller in einer Versicherung.

Jetzt bin ich aber neugierig, was in dem Schreibheft steht, dachte Mokka und ließ die Seiten mit seinem linken Daumen langsam durchrauschen. Jede Menge Zahlen tauchten vor seinen Augen auf, einige längere Notizen und viele dick unterstrichene Stichwörter, unter anderem der Begriff »Maschinenherz«. Sascha hatte zusätzlich noch drei Ausrufezeichen dahinter gesetzt.

Als Mokka seinen Blick in die Caféhausrunde schweifen ließ, sah er mindestens fünf Leute, die gleichzeitig auf ihr Smartphone starrten, darauf herumwischten oder mit flinken Fingern auf der Tastatur tippten. Ob der Be griff »Maschinenherz« etwas mit Menschen zu tun hat, deren Verhalten von einer Maschine bestimmt wird, zum Beispiel von einem Computer oder einem Fahrzeug? fragte er sich. Davon dürfte man auf Dauer bestimmt ein Maschinenherz bekommen. Zum Glück erledigte Mokka das Meiste im Leben ohne den Einsatz von ihn beherrschender Software.

Mit Sascha hatte er immer nur persönlich gesprochen. Und das war auch gut so. Jeder Satz, der zwischen den beiden Freunden fiel, war lebendiger Augen-Blick, den beide in gleicher Weise teilten.
Mokka wurde jetzt schmerzlich klar, dass er nie mehr die Gelegenheit hatte, seinem Freund eine Frage zu stellen. Das war vielleicht das Schlimmste, wenn jemand starb. Diese Endgültigkeit.

Aus alter Gewohnheit malte Mokka drei mal drei Kästchen auf die Rückseite seiner Serviette und setzte in das Zentrum des Spielfelds einen Kreis. Jetzt war Sascha dran. Mokka platzierte an seiner Stelle ein Kreuz über seinen Kreis. Schon nach kurzer Zeit brach er das Tic-Tac-Toe-Spiel gegen sich selbst wieder ab. Ihm fehlte der Freund, mit dem er sich streiten konnte, ohne dabei verletzt zu werden.

Als Mokka beim Bezahlen seiner Rechnung der Bedienung mit wenigen Worten seine neue, schwieriger gewordene Lebenssituation schilderte, versuchte sie ihn mit den Worten zu trösten: »Wer spricht, weiß nicht; wer weiß, spricht nicht.«
– Was das nun wohl wieder zu bedeuten hat, fragte sich Mokka. Umgekehrt wird da ein Schuh draus: »Wer weiß, spricht; wer nicht weiß, spricht nicht.«

Vor dem Café KRÜMEL stand eine junge Frau mit einem Federhut auf dem Kopf. Sie blies leise und unaufhörlich in ihre Blockflöte, beherrschte aber offensichtlich nur eine einzige Melodie. Mokka legte ihrem Hund trotzdem
ein 2-Euro-Stück zwischen die Pfoten und musste bei ihrem Spiel an die Töne denken, die der Wind erzeugt, wenn er durch die Bäume rauscht oder durch Mauerritzen pfeift.

Auf der anderen Straßenseite erkannte er den ehemaligen Kommilitonen Dieter aus fernen Unitagen. Ihre Lebenswege waren vor vielen Jahren auseinandergedriftet. Aber entscheidender war wohl die Tatsache, dass Mokka ihm gegenüber entweder zu viel oder zu wenig gesagt hatte und dadurch zuerst seine Sprache und dann diesen Menschen verlor.

Vor einem Sportstudio sah Mokka eine Geldbörse auf dem Bürgersteig liegen, die einer gewissen Balbina von Bülow gehörte, wie der Inhalt verriet. Da er sich als Freiberufler seine Zeit selbst einteilen konnte, machte er sich sofort auf den Weg zu der angegebenen Adresse und sagte sich dabei immer wieder
ihren schön klingenden Namen vor. Aber nachdem sie die Tür geöffnet hatte, wurde er vollkommen überflüssig – so wie eine Reuse, die man nach dem Fischen am Ufer zurücklässt. Er war bei ihr angekommen und verlor sich ganz in ihren irisierenden Blicken.

***

Auf dem Heimweg fand Mokka in einem Haufen Sperrmüll eine fast zwei Meter große Rolle mit grundierter Malleinwand. Da er auch eine kreative Ader besaß, schleppte er sie nach Hause und stellte sich vor, wie er sie künstlerisch gestalten könnte. Blätter, dachte er. Verschiedenartige Blätter, die mit Sprühfarben zugedeckt werden und so weiße Silhouetten sichtbar machen.

Aber zuerst wollte er noch eine Kleinigkeit essen, um sich für die geplante Aktion zu stärken. In wenigen Minuten hatte er sich eine Tütensuppe warm gemacht und eine Scheibe Toastbrot dick mit Butter geschmiert. Das musste für heute Mittag reichen.

Noch einen kurzen Blick in das Buch von Sascha, und dann geht es wieder weiter, dachte er. Das ZHUANGZI war offensichtlich das Werk des altchinesischen Denkers Zhuang Zi, der im vierten Jahrhundert vor unserer Zeitrechnung lebte, und es besteht aus einer Vielzahl von kurzen Kapiteln.

Auf das Vorsatzblatt hatte Sascha mit Bleistift geschrieben: »Das große Tal füllt sich mit Wasser, läuft aber nicht über; man kann aus ihm schöpfen, und doch wird es nicht leer. Dahin will ich wandern.«

Mokka las anschließend den ersten Text des ZHUANGZI, der von dem Riesenfisch Kun aus dem dunklen Nordmeer handelt, der sich in den gigantisch großen Vogel Peng verwandelt und zum Südmeer davonfliegt. Ganz besonders gefielen Mokka eine Zikade und Sperling, die sich über Kun beziehungsweise Peng lustig machen und die Zhuang Zi »Wichte« nennt, weil sie nur ihren eigenen, kleinen Lebensraum kennen. Er musste nicht lange überlegen um einzusehen, dass auch er so ein »Wicht« war, obwohl er doch immerhin vier Semester Philosophie studiert hatte.

Bevor er wieder loszog, warf er noch einen kritischen Blick in seinen Geldbeutel, um zu sehen, wieviel Farbe er kaufen konnte. Die Blätter gab es ja zum Glück umsonst im Stadtgarten.

Vor dem Geschäft mit dem Künstlerbedarf saß ein Bettler, der genau in dem Moment, als er die Straße überqueren wollte, zitternd und schwer atmend zur Seite fiel. Trotz seines leichten Übergewichts war Mokka mit wenigen Schritten bei ihm, ging auf die Knie und bewegte ihn vorsichtig in die stabile Seitenlage. Die Passanten gingen achtlos an ihnen vorbei, niemand machte Anstalten zu helfen. Einige Leute wechselten ganz offensichtlich auch die Straßenseite, um nicht angesprochen werden zu können. Mokka bekam es mit der Angst zu tun und hörte sich selbst »*HILFE*« schreien. Eine alte Frau, die erst noch umständlich ihr Handy in ihrer Handtasche suchen musste, wählte dann endlich die 112. Wenige Minuten später tauchten zwei Rettungssanitäter neben ihm auf und kümmerten sich um die Erstversorgung des röchelnden alten Mannes.

Mokka kam nur langsam wieder auf die Beine, und seine Stimme zitterte noch etwas, als er drei Dosen Sprayfarbe kaufte.
Das war knapp eben, dachte er.

Er hatte das Gefühl, sich auf ganz dünnem Eis zu bewegen und atmete mehrfach tief durch bis zu den Fersen. Das herzlose Verhalten der Leute, die einfach an ihm und dem Bettler vorbeigelaufen waren, verfolgte ihn noch einige Zeit, und er hätte nicht sagen können, was schlimmer ist: Der Tod des Herzens oder der des Körpers.

Heute fiel ihm zum ersten Mal auf, dass die Firma Dreiner auf der linken Seite ihres Geschäfts Särge und auf der rechten Seite Babybekleidung verkauft. Ganz schön realistisch, denkt er. Tod & Leben unter einem Dach. Aber so ist es ja auch. Schön zu sehen, dass sich hier Anfang und Ende des Lebens die Klinke in die Hand geben.

***

Im Stadtgarten beobachtete er beim Aufsammeln der Blätter drei junge Männer, die – warum auch immer – mit vereinten Kräften ein Ruderboot über die Wiese schoben. Sie mussten dabei ständig Pausen einlegen, weil das Boot zwar ein ideales Fortbewegungsmittel auf dem Wasser ist, aber völlig ungeeignet für das Fahren auf dem Land.
Ich sage jetzt mal besser nichts, dachte er bei sich, aber intelligent geht anders.

Zu Hause zerlegte Mokka die riesengroße Leinwand in Stücke von 40 x 60 Zentimeter, legte die Blätter darauf und ließ sie dann mit schwungvollen Handbewegungen unter einem Farbnebel verschwinden. Das Ergebnis war total enttäuschend.
Die Negativsilhouetten der Blätter sahen einfach nur leer und belanglos aus. Kurzerhand schnitt er die Leinwandstücke kurz und klein und entsorgte sie frustriert in der grauen Tonne im Hof.

***

Einige Wochen später sah er in einer Galerie, was aus der Leinwand Groß-
artiges hätte werden können, wenn er nicht so ein konventioneller Klein-
geist wäre. Die amerikanische Künstlerin Kathleen Jacobs hatte ihren
Malgrund um einen Baum gewickelt, mit einem dicken Farbauftrag versehen und dann das Ganze zwei Jahre lang Wind und Wetter ausgesetzt. Das
Ergebnis: ein beeindruckender Baumrindendruck.

Nach dem Leinwanddebakel brühte er sich ein Tässchen Mokka auf und
blätterte dann neugierig in Saschas Schreibheft herum. Dabei stieß er auf
die Stichworte *Fische, Menschen, Dao* und die Nummerierung 6.6. Seine Vermutung, dass damit ein bestimmtes Kapitel im ZHUANGZI gemeint ist,
war richtig. Dort las er unter anderem: *»Der optimale Lebensraum für Fische ist
das Wasser, für Menschen ist es das Dao.«* und *»Fische können sich gegenseitig in
Flüssen und Seen vergessen, die Menschen in der Obhut des Dao.«*

Das mit den Fischen im Wasser leuchtete Mokka sofort ein. Aber was sollte
das mit dem Dao? Wer oder was war das? Vielleicht hatte Sascha dazu ja
etwas notiert? Und tatsächlich fand er am Ende des Hefts einen hilfreichen
Eintrag:
Dao = der Große Wandel. Dann ist das offensichtlich nur ein anderes Wort
für Kosmos und die ihm wirkenden Kräfte, dachte Mokka. Damit konnte
er was anfangen.

Sascha hatte auch seine eigenen Gedanken zu den Sätzen des altchinesischen Philosophen festgehalten, zum Beispiel zu dem Stichwort *Lebensraum*: *»Die vielen Millionen Menschen, die das Gefühl haben, ständig in die Ferne
verreisen zu müssen, haben offensichtlich einen großen Illusionsbedarf und zerstören dabei als Massentouristen das, was sie so lieben. Man kann auch auf einem Blatt durch
die Gegend >wandern<. Die Natur hat keinen Preis, aber einen unschätzbar großen
Wert! Meine Welt ist hier.«*

Das klang in Mokkas Ohren ziemlich weltfremd und moralinsauer.
Vor einigen Jahren war er mit Freunden selbst mal 10.000 Kilometer nach
Thailand geflogen, um dort in Koh Tao im Korallenriff rumzuschnorcheln.

Das war für ihn bis heute ein unvergessliches Erlebnis, das ihn auch in seiner Erinnerung immer wieder neu begeisterte, und das wollte er um keinen Preis der Welt missen.

Saschas Konsumkritik musste er erst mal sacken lassen. Am besten bei einem kleinen Mittagsschlaf. Schon nach wenigen Minuten versank er langsam und lautlos in den Schlaf – wie eine Murmel in einem Glas mit bernsteinfarbenem Honig.

***

In den nächsten vierzehn Tagen ließ sich Mokka wie ein Korken auf dem Wasser durch den Tag treiben und tat nur das, wozu er Lust hatte oder was sich von selbst so ergab. Kein Wecker klingelte ihn aus dem Schlaf, und er musste auch nicht zu einer festgesetzten Zeit irgendeine Lohnarbeit verrichten. Im ZHUANGZI, in dem er immer wieder mal etwas las, fand er dazu die schöne Geschichte von einem Sumpffasan, der fünfzig Schritte gehen muss, um einen Wurm zu finden, und einhundert Schritte, um etwas Wasser mit dem Schnabel aufzunehmen, der sich aber um keinen Preis der Welt in einen Käfig einsperren lassen will – selbst, wenn es dort gut versorgt würde. Sascha hatte hinter diese kleine Geschichte ein dickes Ausrufezeichen gesetzt.

Aus seiner Studienzeit besaß Mokka noch zwei Philosophiebücher, eins von Aristoteles und eins von Immanuel Kant; irgendwas mit Vernunft. Stundenlang war er damals durch ihre Gedankengebäude geirrt und fand darin keinen Weg, der ihn zurück in seinen Alltag führte. Hier bei Zhuang Zi war das ganz anders: Alles wirkte so lebendig, anschaulich und geerdet.

Die Philosophieprofessoren an der Universität kamen ihm trotz ihres beeindruckenden Wissens immer blutleer und weltfremd vor. Später erst wurde ihm bewusst, dass sie sich am liebsten auf den bekannten und breit ausgetretenen Denkwegen bewegten. Mit Hilfe von Sascha und Zhuang Zi konnte er jetzt endlich das Unbehagen, das ihn seit seinen Unitagen verfolgte, auf den Punkt bringen: Diese Büchergelehrten sind wie Brunnenfrösche, die niemals aus ihrem kleinen Loch herausgekommen sind, aber trotzdem ständig über das große weite Meer des Wissens sprechen, las er in Kapitel 17.2.

***

Einige Tage später traf er zu seiner großen Freude seine Zufallsbekanntschaft Balbina im Stadtgarten wieder. Sie saß auf der Parkbank unter seinem Ahornbaum und beobachtete die spielenden Kinder auf der Wiese. Beim Anblick von Balbina erlebte Mokka einen Zustand vollkommener Freude, dem nichts fehlte und dem auch nichts hinzugefügt werden musste.

Sein Versuch, für seine Gefühle die die passenden Worte zu finden, wurde ständig von jemandem unterbrochen, der nicht aufhören konnte lautstark zu betonen, wie schön es hier sei, wie schön die Sonne scheine und wie schön der kleine Weiher aussehe.

Mokka nahm diese störenden Kommentare zum Anlass, Balbina von Zhuang Zi zu erzählen und seiner einfachen wie hilfreichen Erkenntnis, dass nichtssagende Worte genauso überflüssig seien wie der Versuch, das natürliche Schwarz einer Krähe oder das Weiß eines Schwans mit Argumenten zu begründen.
Balbina teilte seine Ansicht und strahlte ihn dabei mit ihren blauen Augen ermunternd an. Mokka empfand ihr schönes Gesicht wie einen Spiegel, in dem er sich gerne öfter betrachten würde.

Er ließ sie dann wissen, dass ihre erste Begegnung ganz im daoistischen Sinne stattgefunden habe – nämlich von selbst so. *Ziran* hieße das im Chinesischen, und sein kürzlich verstorbener Freund Sascha hätte sich die Maxime des Nicht-Tuns, des *Wu Wei*, sogar an die Wand geschrieben.
Balbina strich sich mit ihrer linken Hand eine Haarsträhne aus dem Gesicht und sagte dann:

– Aber du hast doch nicht nichts getan, als du meine Geldbörse gefunden hast.

– Eigentlich schon, erwiderte Mokka, wer daoistisch denkt und handelt, verfolgt nicht verbissen ein Ziel, er tut nur das Allernötigste, damit das Leben weitergeht.

– Das klingt nach guter Blumenpflege, sagte Balbina, eine Pflanze mit genau der richtigen Menge Wasser versorgen, das Unkraut entfernen und ab und zu etwas düngen.

– Wo du gerade Wasser sagst, pflichtete Mokka ihr bei, ich fände es schön, mit dir noch einen Kaffee zu trinken.

– Einverstanden«, sagte Balbina, und ich hätte auch nichts gegen etwas ‚Dünger‘ in Form von leckerem Apfelkuchen.

Mokka strahlte und führte sie dann auf dem kürzesten Wege zum Café KRÜMEL.

Nachdem die Bedienung ihre Bestellungen aufgenommen hatte, wollte Mokka Balbina damit beeindrucken, dass er durch das stundenlange Beobachten von Menschen und Hunden hier und im Stadtgarten zu dem Ergebnis gekommen sei, dass man bei beiden drei verschiedene Sorten unterscheiden könne: diejenigen, die nur ans Futter denken; diejenigen, die gerne ruhig dasitzen und alles beobachten, und diejenigen, die bei dem, was sie tun, selbstvergessen ganz bei sich sind.

– Und du, sagte Balbina lachend, bist eine gelungene Mischung aus diesen drei Sorten.

Mokka machte ein verdutztes Gesicht und schaute sie fragend an.

– Du isst gerne ein Stück Kuchen, antwortete sie, du beobachtest ständig die Leute und machst dir dabei so deine Gedanken, und kannst dich, wenn es darauf ankommt, auch selbst vergessen. Das habe jetzt schon zweimal erlebt.

– Und wie hast du das gemerkt? wollte Mokka neugierig wissen.

– Das konnte ich in deinen Augen lesen, Mokka, antwortete Balbina, als wir und das erste Mal begegnet sind, und auch vorhin im Park.

Mokka errötete und blickte sie verlegen an.

Um die dadurch entstandene kleine, peinliche Pause zu überbrücken, wollte er von Balbina wissen, was sie eigentlich beruflich mache. Und er war überrascht zu erfahren, dass sie als Personaltrainerin arbeitete.

– Mit meiner Hilfe kannst du in kurzer Zeit deine Fitness verbessern, ein paar Kilos abnehmen oder deine Muskeln aufbauen.

Das musste Mokka erst einmal verdauen, denn sie hatte mit einem einzigen Satz drei Problemzonen von ihm angesprochen.

– Und davon kannst du gut leben? wollte er wissen, um etwas von sich abzulenken.

– Ich bin eine gefragte Frau hier in der Stadt, sagte Balbina stolz, aber man muss sich mich auch leisten können. Meine Arbeit kostet mindestens 100 Euro die Stunde, drinnen oder draußen; Gesundheit und Lebensqualität garantiert.

Mokkas Gedanken überschlugen sich. Für seine Übersetzungsarbeit bekam er 18 Euro die Stunde. Und mehr als fünf Seiten am Tag waren bei ihm nicht drin. Er hätte besser Sport als Philosophie studiert.

Um den Gesprächsfaden nicht abreißen zu lassen, fragte er sie, was sie denn von QiGong halte, den alten chinesischen Bewegungsübungen zur Stärkung der Lebensenergie. Sascha hatte ihm mal erzählt, dass er das noch unbedingt lernen wolle.

Balbina fand diese Art von Aktivierung nicht schlecht, favorisierte aber ganz offensichtlich die sportive Methode der Selbstoptimierung.

Sie signalisierte Mokka jetzt unaufdringlich, aber bestimmt, dass sie weiter müsse zu ihrem nächsten Kunden.

Er brachte sie noch zur Straßenbahn. Sie verabschiedeten sich herzlich voneinander, ohne sich neu zu verabreden. Ein Wiedersehen sollte sich ganz von selbst so ergeben.

***

Zu Hause suchte Mokka in Saschas Schreibheft nach all den Notizen, die er mit drei dicken Ausrufezeichen versehen hatte. Neben einer von ihnen stand: *Das Wirken in den Dingen.* Diese Notiz machte Mokka besonders neugierig, und er las in Kapitel 3.2 im ZHUANGZI, was es damit auf sich hat. Er fand dort die unglaubliche Geschichte von einem Koch namens Ding, der in neunzehn Jahren Tausende von Rindern geschlachtet hatte, aber kein einziges Mal sein Messer nachschärfen musste. Als man ihn fragt, wie das denn möglich sei, antwortet er:

– Zu Beginn meiner Tätigkeit als Koch hatte ich das Rind noch nicht vor Augen. Jetzt bin ich in der Lage, das Rind mit meinem Herz-Geist zu erfassen und betrachte es nicht mehr mit meinen Augen. Ich setze meine Schnitte entlang des natürlichen Verlaufs der Sehnen.

Jetzt verstand Mokka schon ein bisschen besser, was mit dem *»Wirken in den Dingen«* gemeint sein könnte. Vielleicht sollte man besser sagen: Wirken mit und in den Dingen. Der Koch Ding beherrschte offensichtlich die Philosophie der Lebenskunst.

Aber im Vergleich zu diesem Meister seines Fachs kam er sich wie ein Stümper vor. Ob es ihm jemals gelingen würde, so geschmeidig mit einer Situation umzugehen, dass er von selbst genau das Richtige tat?

Darüber muss ich mit Sascha sprechen, dachte er, ohne daran zu denken, dass der schon mehr als vier Wochen unter der Erde lag. Trotzdem, er wollte jetzt sofort zum Friedhof gehen. Bevor er die Wohnung verließ, steckte er sich noch schnell eine Handvoll Sonnenblumenkerne in die Tasche.

Saschas Grab war schon eingeebnet worden. Mokka drückte alle mitgebrachten Kerne in die frische, braune Erde und stand dann lange nachdenklich nur so da.

Wie in einem Zeitrafferfilm sah er, wie die Keimlinge aus dem Boden wachsen, wie sich die Knospen und Blätter der Pflanze zur Sonne drehen und ihre großen Blütenstände entwickeln, um schließlich wieder zu verwelken. Und ihm wurde dabei bewusst, dass ihr Ende ein neuer Anfang ist.

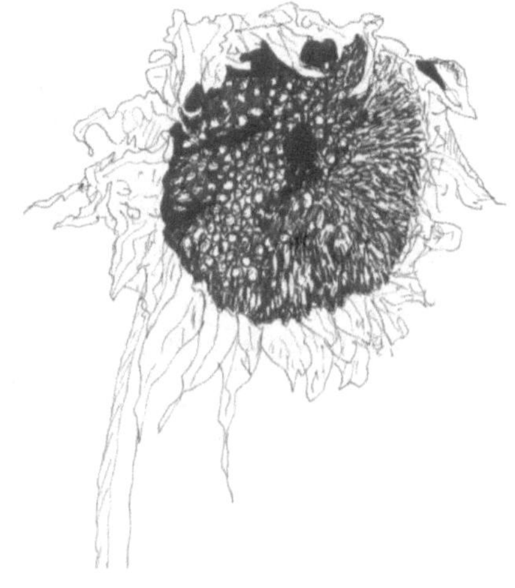

Die Sonnenblume
weint schwarze Tränen im Herbst –
fürs Grün unterm Eis.

Mi-Chi

© T. Umlauf 2023

Der Autor, Künstler und Didaktiker Michael Wittschier, 1953 in Köln geboren, lebt seit 1980 im Bergischen Land. Von 1980 – 2017 unterrichtete er am Städtischen Engelbert-von-Berg-Gymnasium in Wipperfürth die Fächer Deutsch und Philosophie.

Mit seinem Buch *Abenteuer Philosophie* (1996) interessierte er viele tausend Leser für das philosophische Denken – auch im fernen Korea, und seit über 20 Jahren bereiten sich Schülerinnen und Schüler in NRW mit seinem *Basiswissen Abitur – Philosophie* auf die zentrale Abschlussprüfung am Ende der Oberstufe vor.

Im Folgenden werden alle daoistischen Publikationen des Autors einzeln kurz vorgestellt.

www.wittschier.de

Die Lebensgeschichte von Meister Zhuang (365-290 v.u.Z.) vermittelt in episodischer Form die ganze Bandbreite der eng mit der Natur und den Lebensgewohnheiten der Menschen verbundene daoistische Weisheitslehre des vielleicht interessantesten Denkers aus dem alten China.	Die im *ZHUANGZI, dem Hauptwerk* des altchinesischen Denkers Zhuang Zi (365-290 v.u.Z.), verstreuten Aussagen zum Menschenbild, zur Erkenntnis, dem guten Handeln, der guten Staatsführung, dem DAO, zur Flora und Fauna werden hier in gebündelter Form vorgestellt und erläutert. Außerdem untersucht der Autor die *sprechenden Namen* im *ZHUANGZI*.
Leipziger Literaturverlag, Leipzig 2024 (85.)	**Leipziger Literaturverlag,** Leipzig 2024 (120 S.)

MICHAEL WITTSCHIER

Der Weg entsteht beim Gehen

Das vorliegende Lese- und Arbeitsbuch ist so konzipiert worden, dass es zu 48 klar formulierten philosophisch relevanten Problemstellungen aus den Inhaltsfeldern Anthropologie, Erkenntnistheorie, Ethik, Natur-, Staatstheorie und Weisheitslehre einen kurzen altchinesischen Text und eine sinologisch gestützte Deutungshilfe anbietet und anschließend einen thematisch dazu passenden Referenztext aus dem antiken bzw. modernen europäischen Denkraum,

Westermann Verlag 2025

(400 S.)

Müssen wir uns die Kölner als daoistische Philosophen vorstellen? Die Antwort scheint nahezuliegen: »Kenne me nit, bruche mer nit, fott damit!«. So brächten wir uns allerdings um das Vergnügen, den Lebensmaximen des Kölschen Grundgesetzes in der weit über 2000 Jahre alten chinesischen Weisheitslehre wiederzubegegnen. DAO DE COLONIA ist ein gewitzter Essay über west-fernöstliches Denken und vermittelt en passant einen Einblick in das daoistische Denken von Lao Zi (6. Jh. v.u.Z.) und Zhuang Zi (365-290 v.u.Z.)

In diesem Stadtführer begleitet man die beiden alten chinesischen Denker Lao Zi (Laotse, ca. 600 Jh. v.u.Z.) und Zhuang Zi (Dschuang Dsi, ca. 365 – 290 v.u.Z.) bei ihrem vergnüglichen Streifzug durch Köln. Dabei erfahren die Leser nicht nur viele interessante Details über die Domstadt, sondern gewinnen auch einen ersten Einblick in das daoistische Denken. »Dao« heißt chinesisch »Weg«, und das Ideal der daoistischen Lebenshaltung ist das sorglose Umherstreifen. Dies gilt auch für die Lektüre dieses Stadtführers.

GREVEN VERLAG
KÖLN 2023 (100 S.)

BoD
2024 (40 S.)

<table>
<tr><td>

Michael Wittschier

ZHUANGZI-SCHLÜSSEL

300 Weisheiten aus
dem ZHUANGZI

</td><td>

Michael Wittschier

Der a-religiöse

DAOISMUS

Die Grundlagen

</td></tr>
<tr><td>

Der ZHUANGZI-SCHLÜSSEL
bietet den Leserinnen und Lesern
in alphabetischer Anordnung eine
Auswahl von 300 Weisheiten aus
dem ZHUANGZI. Sie sollen das
Interesse für die daoistische, alt-
chinesische Philosophie der Le-
benskunst wecken, das eigene
Denken bereichern und zugleich
den Horizont unserer abendlän-
disch geprägten Sicht der Wirk-
lichkeit erweitern. (100 Seiten)

</td><td>

In diesem Essay werden die
Grundlagen des a-religiösen
DAOISMUS von Lao Zi (La-
otse) und Zhuang Zi (Dschuang-
tse) vorgestellt und mit Hilfe von
drei Geschichten anschaulich er-
läutert. Diese Grundlagen haben
eine natürliche Grundlage, sind
einfach zu verstehen und verste-
hen sich als Plädoyer für
Menschlichkeit und Frieden.

</td></tr>
<tr><td>

BoD 2024

(100 S.)

</td><td>

BoD 2025

(30 S.)

</td></tr>
</table>